Dedico este libro a todos los amigos que creyeron
en mí y nunca se rindieron. A todos esos amigos
que dan verdadero sentido a este libro.

GRACIAS PAPÁ, TAMMY, ABUELA, BILL, JERRY, CANDY,
LIZ Y GERRY, MARK, GRANT, MICHAEL, DAWN, SANDY,
SARA, ISABEL Y BENNY, MEGAN, CINDY, SUE, LINDA, KERRI
Y TODOS LOS DE LITTLE BROWN AND COMPANY.

Con amor,
Todd

Título original: *The Best Friends Book*
Adaptación: Esther Rubio
Fotocomposición: Editor Service, S. L.

Editado por acuerdo con Little, Brown and Company

Primera edición en lengua castellana para todo el mundo:
© 2005 Ediciones Serres, S. L.
Muntaner, 391 – 08021 – Barcelona

www.edicioneserres.com

ISBN: 84-8488-207-1

Amigos

TODD PARR

ediciones
serreS

Tus amigos
te dejarán saltar en
su cama sin importarles
lo grande que seas

Tus amigos
te dejarán que cocines
para ellos aunque
les prepares espaguetis
con gusanos

Tus amigos
siempre te
perdonarán cuando
les pises una pata

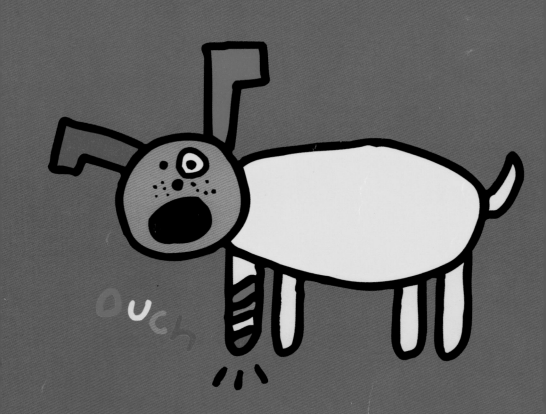

Tus amigos
compartirán su pizza
contigo aunque te
guste colgarte el
salami en las orejas

Tus amigos
te visitarán cuando
enfermes aunque
les pegues los
granos verdes

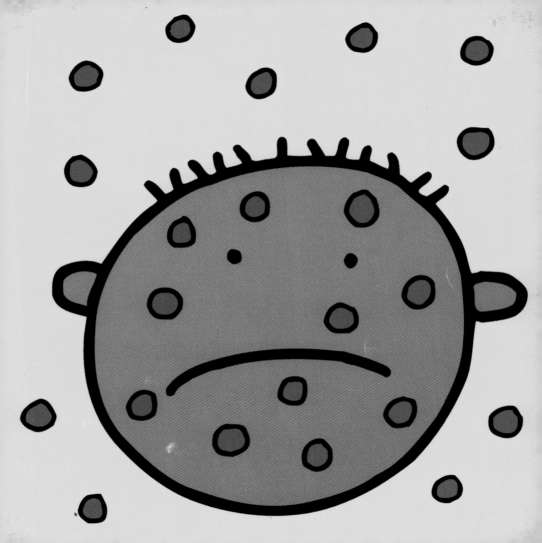

Tus amigos
no compartirán
tus notas secretas
aunque los descubra
el profesor

Tus amigos
te encontrarán
siempre que
te pierdas

A tus amigos
les parecerá siempre
que tu nuevo corte
de pelo te queda bien

Tus amigos
te contarán
chistes divertidos
aunque seas de los
que le sale la leche
por la nariz cuando ríes

Tus amigos
te dejarán siempre
jugar con su muñeca
aunque la puedas romper

Tus amigos
se pondrán tu regalo
de cumpleaños aunque
no les quede bien

Tus amigos
seguirán en contacto
contigo aunque te
vayas a vivir a miles de
kilómetros de distancia